رواية

انعكاسي في المرآة

د. جُمان الريحاني

إهداء..

إهداء إلى الناجحين وإلى كل من هو سبب في النجاح

إهداء إلى أسباب النجاح الحقيقي الذين هم وراء أي نجاح ووراء كل نجاح

إلى النجاح الحقيقي

وإلى الأشخاص الناجحين بحق

إهداء إلى كل من يستحق النجاح

إلى من يستحق النجاح بحق

وإلى الناجح بحق

جمان الريحاني

أستيلا

قدر على الشاطئ

ولد توأم بنات رئيفة وزينب لعائلة محترمة ومتيسرة الحال وقد كانت الطفلتان جميلتان جدا وتشبهان جدتهما اليونانية الأصل ولكن والدهما عربيان وكذلك جدهما الذي كان قد تزوج جدتهما اليونانية منذ زمن بعيد.

كانت الطفلتان جميلتان جدا، ببشرة بيضاء وعيون زرقاء وشفاه وردية

عندما كبرت الطفلتان اللتان كانتا تعيشان بكل سعادة وفرح وأصبحتا بعمر 17 سنة أصبحتا عروستان جميلتان جدا ولكنهما بنفس الطول ونفس الملامح لنهما كانتا توأما حقيقيا.

لقد تلقتا رعاية خاصة وتربية بطريقة بالغة الاهتمام لأن والدتهما كانت تريد أن تصنع منهما امرأتان مثاليتان، امرأتان عصريتان ومحترمان لأنها كانت تفكر في اصطياد رجلان من الطبقة المخملية كأزواج لبنتاها اللتان كانتا تحوزان على قدر كبير من الجمال.

والوالدة كانت تقول المال لدى الرجل مقابل الجمال لدى المرأة وهكذا تتوازن الدفتان.

وقد حان الوقت لكي تبحث لهن على عريسان لأنهما أصبحتا شابتين.

كانت هذه الأم مهتمة بتربية ابنتاها على كل الأصول اللازمة والتصرفات الارستقراطية وأيضا على العناية بجمالهما وأيضا تقدير جمالهما.

لقد كانت دائما تقول لهما:

أنتما فتاتان جميلتان يجب أن تثقا في جمالكما

وكانت تطلب منهما قول:

نحن جميلتان

وكل واجدة منهما تقول على حدى:

أنا جميلة

ولكن زينب الأصغر سنا بثواني معدودة كانت تقول:

أنا جميلة

أنا أجمل فتاة في المدينة

أنا جميلة

أنا أجمل من أختي رئيفة

أنا الأجمل على الإطلاق

لم يكن هناك فرق كبير بين زينب ورئيفة من ناحية الشكل الخارجي فكلتاهما معتدلتا الوزن والطول، كلتاهما بنفس لون الشعر الأشقر، ونفس لون العيون، ولكن كان هناك فرق بينمها.

الفرق بين زينب ورئيفة كان في التصرفات، لم تكن لهما نفس الطباع، بل كانت زينب منطلقة ومرحة وعلى العكس منها كانت رئيفة خجولة جدا وشبه منغلقة ولا تقدم على فعل أي شيء إلا إذا طلب منها أحد فعل ذلك.

كان مغزى حياة الفتاتان المدللتان الحياة بسعادة،
التمتع بالجمال والحياة، تنامان في وقت مبكر
وتستيقظان باكرا، وقد كان لهما نظام غذائي لا يتغير
ولا يتم كسره وهذه كانت مهمة الخادمة والطباخ لكي
لا يتم خرق النظام لأن السيدة زينات كانت تسعى دائما
لكي تبني جسم بناتها كأجسام صحية وقوية.

كما أن لهما دادة أي مربية تحن عليهما وتعاملهما معاملة الجدة وتغمرهما بالحنان والاهتمام وتقدم لهما النصائح والتوجيهات الهامة.

كانت الفتيات تستمتعان بارتداء كل أنواع الثياب الجديدة من فساتين وسراويل قصيرة وقد كانت والتهما حريصة على متابعة الموضة ومختلف الخطوط في عالم الأزياء.

كما كانت السيدة زينات سيدة عصرية راقية حرصت على أن تكون ابنتاها على نفس الطريق.

كما أن كان للفتاتين هوايات مختلفة فرئيفة هادئة الطباع تحب القراءة والمطالعة وأيضا تحب التطريز وتميل لقضاء الوقت في البيت، تجلس في الحديقة لساعات وجلس بجانب بركة السباحة كما أنها تفضل الاستماع للاغاني الهادئة مساء.

أما بالنسبة لزينب فقد كانت تعشق البحر والشاطئ، وتحب الرقص والموسيقى الصاخبة.

كانت زيب عادة ما تشاغب أختها ولا تترك لها مجالا للهدوء في حالة ما إذا كانت تقرأ كتابا أو رواية وكانت معها.

كانت زينب ترغم رئيفة على السباحة أحيانا، ولكن بشكل لطيف نوعا ما لأن رئيفة كانت تحب أختها وتستمتع بقضاء الوقت معها وأيضا تسعد بإرضائها وتحقيق طلباتها لها.

كما أن هناك أمر آخر كان يحصل بينهما، لقد كانت زينب لها الأولوية في اختيار الفساتين والموديلات والألوان أيضا وبعد ذلك يأتي دور رئيفة لتختار ما ينال إعجابها ولم تكن تعترض على ذلك بل كانت تحب أن ترى السعادة بادية على وجه أختها الصغيرة.

وفي بعض الأحيان كانت زينب وبعد عودتهما إلى البيت وعندما تقوما بتجربة الثياب التي ابتاعوه أو الثياب التي تصل من عند الخياط فجأة تغير رأيها

وتعتقد بأن فستان أختها قد يناسبها أكثر فلا تعترض

رئيفة وتعطيها الفستان وهي سعيدة بما تفعله.

كانت زينب تحب الفساتين الضيقة والمكشوفة
وأيضا تحب الفساتين التي تظهر أنوثة الفتاة وقد كانت
متشوقة لأن تصبح آنسة وتخرج من الطفولة التي
مازالت تلازم وجهها الجميل الذي تعلو عليه البراءة.

بينما رئيفة تحل الفساتين المنفوخة والتي لها
أسلوب بريء في إظهار الجمال الهادئ، وكانت تحب
المايوهات بألوان وردية والمقلة والتي بها ورود،
ورغم أنها تجيد السباحة إلا أنها تجلس على الشاطئ

ولا تنزع الكاش مايوه بل تكتفي برؤية البحر وهي تقرأ أية رواية رومانسية.

أما زينب فهي تحب المايوهات الحمراء وذات الألوان الفاقة ومكشوفة الظهر والصدر والتي عليها رسومات قلوب وقبل وهكذا.

لم تكن زينب تكاد تخرج من البحر وهي تسبح مثل السمكة وكأنها لا تحتاج راحة أو أوكسجين.

وكلما خرجت من الماء تجري إلى حيث تجلس أختها وتسقط على الرمال الذهبية لكي تتمتع ببعض أشعة الشمس، والضحكة لا تفارقها أبدا، لقد كانت فتاة مرحة جدا

لقد كان لدى عائلة السيد زكي بيت على الشاطئ حيث يقضون كل أيام الصيف هناك.

وفي أحد الأيام بينما كانت الفتاتان زينب وريفة على الشاطئ لوحدها بينما كانت والدتهما مدعوة إلى احد الجلسات الارستقراطية هي وصديقاتها اللواتي يجتمعن خلال أيام الصيف لكي تقص كل منهن رحلاتها وسفرها خلال السنة الماضية فهن لا يلتقين إلا خلال الصيف إلا أنهن يتواصلن عن طريق الهاتف دائما.

لقد كانت السيدة زينات حريصة على أن تستمر علاقتها بكل سيدات المجتمع الراقي، لأنها تعلم بأنها سوف تحافظ على مكانتها في المجتمع بهذه الطريقة، بالمجاملات وبمعاملتهن وبمكالمتهن والتواصل معهن في مختلف المناسبات التي تهمهن.

هكذا وبهذه الطريقة تصبح واحدة منهن وهكذا يعاملنها على هذه الطريقة، ويبادلنها الاهتمام بكل ما يهمها هي الأخرى.

في ذلك اليوم كانت زينب تسبح في المياه الدافئة بينما كانت رئيفة تجلس على الشاطئ كالعادة، تحت المظلة وهي ترتدي كاشمايوه ابيض مليء بالورود.

تقدم رجل أربعيني يرتدي سروالا وقميص وهو أيضا يضع نظارات شمسية ويحمل جريدتين يديه من رئيفة تلك الفتاة الجميلة الجالسة على الشاطئ وهي تمد إحدى رجليها وتقرب الآخر منها وتحمل كتابا وتضع نظارات شمسية وقال:

صباح الخير يا آنسة.. هل تسمحين لي بأن أكلمك في موضوع؟

رئيفة:

السيد كمال سيد شكري

صباح الخير يا سيد ولكن أنا اعتذر منك لا يمكنني مكالمة أي شخص

السيد كمال:

أفهمك ولكنني لن آخذ من وقتك إلا بضع ثواني

رئيفة:

تفضل

السيد كمال:

اسمحي لي في البداية بأن أقدم لك نفسي

أنا السيد كمال سيد شكري صاحب جريدة النهار السعيد ومدير عام لمجلة نهارك سعيد ولدي بعض

المجلات الأخرى التي تهتم بالجمال والموضة والأزياء وقد ذكرت لك فقد أهم جريد ومجلة في مجموعتي.

رئيفة:

تشرفت بمعرفتك يا سيدي ولكن بما أخدمك

السيد كمال:

لدي عرض لك

رئيفة:

عرض ماذا؟

السيد كمال:

لقد كنت أراقبك منذ عدة أيام وأعجبت بشكلك وجمالك وخاصة وجهك بالملامح الهادئة والبريئة وأريد من مصور المجلة أن بأخذ لك بعض الصور لكي ننشرها في المجلة فهل توافقين؟

رئيفة:

أنا ليست لي ميولات لهذه المواضيع كما أنني لا استطيع أن أوافق أو ارفض ربما يمكنك أن تسأل والدي؟

أنا لا استطيع أن اقبل أو ارفض

السيد كمال:

نعم نعم لا مشكلة ولكن هل أنت موافقة مبدئيا؟

رئيفة:

لا اعرف حقا، ولكن لا مانع لدي

السيد كمال:

أنا مصر على هذا الموضوع فأنت لديك ملامح جميلة جدا، لديك عيون كالبحر، ولك ابتسامة كنور القمر وأسنان كاللؤلؤ ولون شفتيك برتقالي مثل نجم البحر وشعرك يلمع كالشمس على الأمواج.

لقد لفت نظري وجذبت انتباهي ولا تعتبري كلامي غزلا بل هو وصف لجمالك القوي كالبحر ولكنه هادئ.

كل تلك التفاصيل لقد رأيت بأنها تستحق أن تصل إلى الناس الذين سيبدون إعجابهم بها مثلي تماما، وسوف تحصلين على مقابل مادي كبير.

في تلك اللحظة خرجت زينب من البحر لتتفاجأ برجل كان يجلس إلى جانب أختها ولكنه يكاد يغادر وعندما وصلت إليهما قالت له رئيفة:

هذه أختي زينب

أعلم ذلك لطالما رأيتكما معا

رئيفة:

إنها أختي التوأم

السيد كمال:

هذا واضح ولكن الفرق بينكما كبير

زينب:

ولكن الجميع يرون بأنه لا فرق بينما لما أنت ترى بأن هناك فرق، ولكن من أنت؟

رئيفة:

هذا السيد كمال سيد رشدي وهو يريد أن يجعلني أوافق على جلسة تصوير من أجل مجلته

السيد كمال:

وأنا مصر على ذلك يا آنسة رئيفة

زينب:

أنا يمكنني أن افعل ذلك

السيد كمال:

أشكرك على تصرفك هذا ولكنني أريد الآنسة رئيفة لأجل هذا الأمر

زينب:

ولكن ما الفرق بيننا

السيد كمال:

لقد أخبرتك بأن الفرق كبير

قالت له زينب وهي تشعر بغضب شديد وملامح وجهها عابسة:

كما ترغب ولكن لا أظن أن رئيفة تحب التصوير، على عكسي أنا طبعا فأنا أحب التصوير والموضة والأزياء والعناية بالجمال.

رئيفة:

ويجب أن نسأل والدي أولا

السيد كمال:

خذي رقم هاتفي وبلغيني بموعد أزوركم فيه لكي اكلم والدك

رئيفة:

حسنا

السيد كمال:

عن إذنكما

ورب صدفة خير من معاد محدد

غارت زينب كثيرا من أختها وأنبتها بعد مغادرة الرجل وقالت لها:

لما كنت تكلمين هذا الرجل الفظ

رئيفة:

رجل فظ؟ لقد كان في غاية الاحترام

زينب:

قلت لك فظ

رئيفة:

لما تقولين ذلك؟

زينب:

لأنه كان يتكلم بطريقة غير لطيفة ونبرة صوته لم تعجبني

رئيفة:

أنا قد رأيت بأنه رجل لطيف وهو يريد أن يكلم والدي من أجل العمل

زينب:

هل تريدين من والدي أن يوافق؟

وبينما رئيفة تجمع أغراضهما لكي ترجعا إلى البيت قالت:

أظن نعم

زينب:

أنا لم يعجبني الرجل ولا عرضه

رئيفة:

أنا لا أظن أن لدي مانع، ولكن الكلمة الأولى والأخيرة لبابا

زينب:

حسنا سوف نرى

رئيفة:

هيا أسرعي

زينب:

لا تستعجليني لقد أخبرتك ألف مرة أن لا تستعجليني

رئيفة:

لما أنت غاضة هكذا؟

زينب بلهجة حادة ويبدو عليها الغضب الشديد فقد
كانت سريعة الغضب:

أنت لا تسبحين لما تأتين معي إلى الشاطئ

رئيفة:

لأستمتع برؤية البحر

زينب:

البحر؟

رئيفة:

أجل البحر، لما تلمحين؟

زينب:

هل تعرفين ذلك الرجل؟

رئيفة:

لقد عرفني بنفسه اليوم

زينب:

ولكن يبدو انه يعرفها

رئيفة:

لقد اخبرني بأنه يراقبنا منذ أيام

زينب:

يراقبنا؟

رئيفة:

ربما ينظر لنا من بعيد لذا هو يعرف الفرق بيننا

زينب:

ولكن لا أحد يفرق بيننا

رئيفة:

هو قد استطاع فعل ذلك

فكرت زينب وقالت بينها وبين نفسها وهي تنظر إلى
أختها:

ولكنه لن يكتشف الفرق إن رآني لوحدي

وأنت لم تكلميه إلا لمرة واحدة، خسارة لأنني لم انتبه
له عندما جاء ليجلس معها ولكن لا بأس

لا شيء صعب على زينب

رئيفة:

فيما تفكرين؟

زينب:

أفكر في رأي والدي

رئيفة:

لا تقلقي أنا لن أفعل شيئا عكس إرادة والدي

زينب:

انه كذلك

ونظرت إلى أختها بنظرة عميقة، وهما تكادان تصلا إلى البيت ورئيفة تحمل بعض الأغراض والورقة التي عليها رقم هاتف الرجل.

القدر لصالحي

بعد أن عادت الفتيات إلى البيت وقد كان والداهما لا يزالا بالخارج، فالوالد يعلم في مكان تابع لشركته ويقضي كل صيف يعمل في هذا المكان بدل شركته التي في العاصمة التي فيها بيتهم الرئيسي.

أما بالنسبة للوالدة فهي تقوم بتلبية الدعوات ورد الزيارات لنساء المجتمع الراقي.

أخذت رئيفة حماما بينما كانت زينب قد سبقتها لأنها أرادت أن تستقبل والدها قبل أن تنهي رئيفة حمامها وقد أخرتها واختلقت لها الكثير من الأعذار فكانت تسألها وهي تنظر إلى نفسها في مرآة التسريحة وتقول لها:

هل حقا ترين فرقا بيننا؟

رئيفة:

لا أبدا

زينب:

حقا؟

رئيفة:

حتى والدي لا يمكن أن يفرق بيننا، إلا طبعا إذا أكثرت الكلام والضحك

وراحت تضحك

زينب:

وماذا عن الشكل؟

رئيفة:

هو في الحقيقة لا يوجد فرق ولكن نحن نحدث فرقا

زينب:

ماذا تقصدين؟

رئيفة:

أسلوبنا في ارتياد الثياب مختلف

توجهت زينب إلى خزانة الملابس وفتحت الجزء الخاص برئيفة وبينما هي تختار فستانا قالت:

هل حقا تعتقدين ذلك؟

رئيفة:

أجل فساتيننا مختلفة بل وأظن أن كل ثيابنا تختلف

زينب:

ولكن أسلوبي أكثر أنوثة

رئيفة:

وبالرغم من ذلك فيظل الفرق واضحا

اختارت زينب فستانا من فساتين رئيفة ونظرت إلى أختها بطريقة شقية قالت:

سوف ارتدي هذا

ثم أضافت:

وهل هناك فرق آخر؟

رئيفة:

طبعا، تسريحة الشعر

زينب:

أوه.. أنا لا أحب الشعر المرفوع

رئيفة:

وأنا لا أحب الشعر المسدول

زينب:

وأنا أحب الماكياج

رئيفة:

وأنا لا أحب الماكياج أبدا

زينب:

لذا أنت تبدين شاحبة

رئيفة:

ولكني أحب شكلي، أظن أن ذلك السيد قال شيئا مثل هذا

زينب:

ماذا قال؟

رئيفة:

قال جذبتني البراءة في وجهك وملامحك

كانت زينب تسرح شعرها وترفعه عاليا بعد أن ارتدت ذلك الفستان الجميل ثم قالت لرئيفة التي منذ بعض الوقت وهي تحمل فوطتها وتري دخلوا الحمام إلا أن زينب كانت تأخرها بتبادل أطراف الحديث:

هكذا إذن

رئيفة:

أظن انه لن يستطيع أحد أن يعرف من أنت هكذا

قالت زينب في سرها:

وهذا هو المطلوب

عندما سمعت زينب صوت سارة نظرت من النافذة لتجد بأن سيارة والدها قد وصلت وهذا قالت لرئيفة:

ادخلي إلى الحمام ولا تنسي أن تغسلي شعرك أظن أن بعض الرمل ملتصق به.

نزلت زينب وهي ترتدي فستانا منفوخا ربيعي الألوان جميلا مليئا بالورود وقد كان الفستان الذي اختارته من خزانة ثياب أختها رئيفة فهي متعودة على أخذ أي ثوب تريده من خزانة رئيفة.

الأمر لم يكن يحدث بالعكس إذ أن زينب لا تطيق أن يقترب أحد من أغراضها وهذا ما جعلها تخلق خصوصية لها على عكس رئيفة التي تعودت كل حياتها أن تسمح لأختها بأن تأخذ كلما لها دون نقاش.

كانت زينب تنزل السلالم وهي تجري وتقفز ولكنها تداركت الوضع عندما دخل والدها من الباب حيث أدركت بأنها لا تسير مثل أختها بالضبط أي بهدوء.

غيرت وينب من طريقتها في المشي والتصرف ونزلت بهدوء حتى وصالت إلى الأسفل، في تلك اللحظة كان والدها قد دخل من الباب وأول ما رآها قال:

أهلا رئيفة، هل والدتك في البيت؟

فقالت زينب وهي تتظاهر بأنها رئيفة:

السيد زكي:

وأين أختك زينب؟

زينب:

تأخذ حماما

السيد زكي:

هل استمتعتم على الشاطئ اليوم؟

زينب:

أجل يا والدي وأنا لدي أمر مهم اكلمه عنه

قال السيد زكي بعد نادى على الخادمة وطلب منها كوب شاي:

وما هو؟

زينب:

والدي لقد قابلنا رجلا اليوم وهذا رقم هاتفه على الورقة انه يطلب مقابلتك

السيد زكي:

من يكون ولما يريد مقابلتي؟

زينب:

يقول أن اسمه السيد كمال سيد رشدي وهو مدير لكثير من الشركات ويريدني أن اخضع لجلسة تصوير، إنه يظن بأن وجهي جميل

السيد زكي:

أنت جميلة ولك وجه جميل

هل يريدك أنت وأختك؟

زينب:

لا يا والدي انه يريدني أنا فقط يقول بأن لي ملامح
بريئة

السيد زكي:

يجب أن نسأل والدتك

زينب:

ولكن ما رأيك أنت أولا؟

السيد زكي:

ااه لا مانع لدي أن كنت أنت تريدين فعل ذلك

زينب:

طبعا أريد

كانت زينب تتحمس قليلا ثم تهدأ وترجع إلى دورها الذي تمثله فهي لا تريد أن يكشفها والدها بل تريده أن يصدق بأنها رئيفة

السيد زكي:

حسنا

زينب:

كلمه يا والدي أرجوك كلمه واطلب منه القدوم على العشاء

السيد زكي:

لا يجب أن اكلم والدتك أولا

ولكن ما رأي أختك بالموضوع زينب غيورة هل هي تعلم عن الموضوع

زينب:

أختي لا دخل لها انه يريدني أنا

السيد زكي:

لما تتكلمين عن أختك هكذا، أظن أن فيك بعض الطباع
من أختك

زينب:

ماذا تقصد؟

السيد زكي:

بطريقة كلامك هذه أنت تشبهين زينب ولو لم أكن
متأكدا انك رئيفة لاعتقدت بأنك زينب

زينب:

والدي أرجوك لنعد إلى موضوعنا، كلمه أرجوك كلم
الرجل وليحضر في السهرة وهكذا سوف تتاح لك
الفرصة لكي تكلم والدتي على طعام العشاء.

اتصل السيد ... بالرجل ودعاه لتناول الشاي
الساعة الثامنة مساء واخبره بأنه مبدئيا لا مانع لديه

وخاصة أن ابنته موافقة على الأمر ولكن يجب أن يكلم زوجته أولا.

في تلك اللحظة دخلت الوالدة من الباب لتجد بأن ابنتها تقفز من الفرح فقالت لها:

لما تقفزين يا زينب؟

قال السيد كمال سيد رشدي:

زينب؟

نزلت رئيفة من الطابق العلوي، وقالت لما أنت سعدا بما تحتفلون؟

استغرب الوالد كثيرا ولم يفهم ما كانت ابنته تقوم به، ثم قالت الوالدة:

لما أنت ترتدين فستان رئيفة وتسرحين شعرك على طريقتها؟

فتوجهت زينب إلى أختها التي أصبحت تتوسط الصالة
وقالت لهم:

الست أشبهها؟ السنا متماثلتان

فقال السيد وهو يوجه سؤاله إلى زينب:

زينب ما الذي يحدث؟

زينب:

لا شيء أنا سعيدة فقط لأنني سأقوم بجلسة التصوير
تلك

الوالدة:

أي جلسة تصوير؟

زينب:

لقد طلب مني رجل هذا الصباح أن أكون نجمة مجلته
وهو معجب بجمالي

الوالدة:

واو سوف تصبح ابنتي مشهورة

زينب:

بل وعلى غلاف المجلة أيضا

الوالدة:

وما اسم مجلته؟

زينب:

لقد نسيت ولكن لديه العديد من المجلات والجرائد

السيد زكي:

انتظري، انتظري..

ولكن أنا أريد أن افهم لما كنت تتظاهرين بأنك رئيفة

زينب:

انه معجب بهدوء رئيفة

السيد زكي:

ولكن هل طلب هذا الأمر منك أنت أو من رئيفة

زينب:

ولكن نحن توأم؟

السيد زكي:

لقد سألتك سؤالا محددا على من عرض الموضوع؟

زينب:

على رئيفة، ولكن رئيفة لا مانع لديها

أليس كذلك يا رئيفة؟

فأجابت رئيفة وهي مخنوقة الصوت وقالت:

طبعا لا فرق بيننا

الوالدة:

لا يهم يا حبيبي على من عرض الموضوع المهم أن إحدى بناتنا سوف تصبح مشهورة

السيد زكي:

هل حقا أنت لا تمانعين يا رئيفة؟

رئيفة:

طبعا لا أمانع منذ متى وأنا احرم أختي الصغيرة من أي أمر تريده.

زينب:

شكرا يا أختي

توطدت الوالدة إلى رئيفة وحضنتها وقالت لها:

يسعدني كلاميك يا ابنتي ولكن يجب أن لا نضيع الفرصة

السيد زكي:

ولكن نحن لن نخدع الرجل يجب أن نخبره بالحقيقة

زينب:

لا يا والدي أرجوك لا تخبره قد يغير رأيه

السيد زكي:

ولما يغيره فأنتما لكما نفس الوجه

رئيفة:

هو يرى بأن هناك فرقا لقد أعجب بالبراءة في عيوني
والهدوء وهذا ما قاله

الوالدة:

لا أحد يستطيع أن يفرق بينهما إلا أنا

زينب:

حتى أنت يا والدي ألم أخدعك قبل قليل؟

السيد زكي:

ها قد قلتها بنفسك خدعتني وأنا لا أريد أن اخدع الرجل ولا أي شخص آخر

الوالدة:

هذا ليس خداعا أنهما توأم وقد كانتا في بطن واحدة وهي مجرد جلسة تصوير

نحن لا نخدع أحدا يا عزيزي

وقبلته على خده

هرعت زينب إلى والدها وقبلته هي الأخرى وقالت له:

أرجوك يا والدي أرجوك

قرر الجميع أن تحل زينب مكان رئيفة ولكن قررت الوالدة أن لا تنزل رئيفة وأن لا يراها ذلك السيد أبدا كما أنها قد طلبت منها أن تساعد أختها على ارتداء الثياب وان تسرح لها شعرها وأيضا أن تعلمها كيف تتصرف

لم تكن رئيفة حسودة ولا غيرة وقد قامت بكل ما طلبته منها والدتها حتى أنها قد قدمت الكثير من النصائح إلى أختها لكي تتصرف مثلها وقالت لها:

لا تتكلمي كثيرا

ولا تضحكي بصوت عال

حاولي أن تبتسمي فقط عند اللزوم

لا تتكلمي كثيرا بل أجيبي فقط على السؤال الموجه لك وأجيبي باختصار فمثلا أجيبي بنعم أو لا فقط ولا تبرري أنا اعرف أن لسانك منطلق.

زينب:

هل هذا كل شيء؟

رئيفة:

هناك أمر أخير؟

زينب:

وما هو؟

رئيفة:

لا تطيلي النظر إلى السيد كمال وخاصة في عينيه فربما يشعر أن هناك شيء مختلف

زينب:

مختلف؟ مختلف كيف؟ ماذا تقصدين؟

رئيفة:

لقد شعر بأن شيء مميز في عيني ووصفه بالهدوء وأنت لديك الشقاوة في عينيك وقد يراها إن أنت أطلت النظر في عينيه.

زينب:

أنت تخيفينني؟

رئيفة:

لا تخافي فقط لا تنظري في عينيه، لا ترفعي نظرك باتجاهه، افعلي هذا فقط وسوف تنجحين

زينب:

ما رأيك أن تنزلي أنت وأذهب أنا إلى التصوير فقط

رئيفة:

لا يجوز فعل ذلك، هذا سوف يصبح خداعا، وسوف يغضب والدي كثيرا

زينب:

أتمنى أن لا اخفق

رئيفة:

انه مجرد لقاء واحد وبعد أن يوقع مع والدي العقد سوف يكون العمل مع المصورين وهنا لا يطرحون

عليك الأسئلة بل يوجهونك لكي يحصلوا على الصور التي يريدونها

زينب:

كيف ل كان تعرفي كل هذه المعلومات

رئيفة:

اخبرني بها السيد كمال سيد رشدي لقد رأى بأنني مترددة وكان يقنعني لذا اخبرني بعض الأمور عن طبيعة العمل

زينب:

حسنا

ثم نظرت زينب إلى التسريحة وقالت لها:

هل أنا أشبهك؟

رئيفة:

بشكل متطابق

زينب تمني لي الحظ

لا تقلقي أنت دائما محظوظة

قبلت زينب أختها رئيفة وقالت:

شكرا لك يا أختي

رئيفة:

لما تشكرينني

لأنك سمحت لي بالقيام بهذا

رئيفة:

أنت تحصلين على كلما تريدين

ابتسمت زينب ونزلت إلى الطابق الأسفل لأن السيد
كمال سيد رشدي كان قد وصل وقد صعدت الخادمة
لكي تناديها.

نزلت زينب في ثوب رئيفة وبتسريحة شعرها،
وأيضا ترتدي تصرفاتها وطريقة كلامها وقد كانت لبقة
في الكلام وحسنة الأخلاق وهادئة الطباع، لقد أجادت
زينب التمثيل وبرعت في تأدية الدور حتى أن والداها
كانا متفاجئان مما يرياه أمامهما.

ولكن الوالد لم يكن ينادي ابنته باسمها لأنه لازال
يعتقد بأنه في الأمر بعض الخداع بل كان يناديها

عزيزتي إذا كان يوجه إليها الكلام وكان حريصا على أن يقول ابنتي إذا كان كلما كان يكلم السيد كمال عنها.

أما بالنسبة للوالدة فهي لم يكن لديها أي مانع بل كانت تريد أن تنال إحدى ابنتيها تلك الفرصة بكل إصرار.

حتى أنها قد حاولت أن تقنع السيد كمال بأن يأخذ كلتا ابنتيها ولكنه كان مصرا على رئيفة فقط وقال:

أريد أن أصور هذا الجمال والبراءة والأنوثة ولا أريد أن اظهر بأنه جمال مكرر بل أريده جمالا فريدا، لذا لا استطيع أن آخذ كلتا الفتاتين.

أنا آسف

اعتذر بكل هدوء ولطف فتراجعت السيدة زينات عن كلامها وأصبحت تريد فقط أن تحصل إحداهما على فرصة.

لقد وجدت السيدة زينات بأن الرجل مصر على رئيفة فخافت أن يكتشف بأن التي أمامه ليست هي رئيفة بل أختها التوأم زينب، وهو يريد الأخرى.

أرادت السيدة زينات أن تخفي الأمر لذا قامت بمناداة ابنتها واعتذرتا وقالت سوف نترك الرجال يتبادلون الكلام.

تم ترتيب كل الأمور وبدأت مرحلة جديدة في حياة زينب ورئيفة.

لم تتدار رئيفة عن الأنظار فقط في تلك الليلة بل أيضا طوال الفترة التي كانت زينب تجري جلسات التصوير، ولأنها تتمتع بذلك الجسم والوجه فقد أراد السيد كمال أن تجري العديد من جلسات التصوير التي تظهر جمالها الفاتن.

وهكذا بين ليلة وضحاها أصبت ابنة السيدة زينات فتاة مشهورة وقد طلب والداها أن لا يضع

اسمها تحت الصور بل أرادا أن يختارا لها اسما فنيا لكي لا يخدعا الجميع.

وبعد أن فكرا مع السيد كمال في اسم لابنتهما توصلا إلى اسم جميل تم إطلاقه على نجمة المجلة وهو أستيلا

لقد كان اسما جميلا يناسب الفتاة المقبلة على مرحلة جديدة من حياتها وقد أعجبت زينب بحياة النجومية والتصوير ولك ذلك الاهتمام من السيد كمال ومن طاقم العمل

لقد شعرت بأنها نجمة، نجمة حقيقية وأعجبت بالفكرة كثيرا لدرجة أنها تمنت أن تحصل على فرصة أخرى مماثلة.

وجه النجومية

لقد نشرت الكثير من الصحف والمجلات الأخبار عن جمال الفتاة التي على غلاف مجلة السيد كمال سيد رشدي في البداية نشرت الأخبار باقي مجلاته وصحفه التي يمتلكها وبعد ذلك تهافتت المجلات الأخرى لكي تجري حوارا مع تلك الفتاة من عائلة السيد زكي وتكتب مقالا عليها.

لقد شعرت السيدة زينات بالكثير من الأهمية هي الأخرى وبعض الغرور لأن ابنتها قد أصبحت مشهورة وهي تتلقى الكثير من المكالمات الهاتفية المباركة لها

كما أن صديقاتها قد طلبوا منها أن تدعوهن إلى حفلة بمناسبة أن ابنتها أصبحت مشهورة.

وبعد ان كتبت عنها الكثير من الجرائد في مختلف مناطق الدولة انهالت عليها العروض من أجل عرض الأزياء وعرض المجوهرات، وكذلك جاءها عرض أن تصبح ممثلة.

لقد وافقت والدتها على عرض المجوهرات، ولم يصدق الجميع أن عرض عليها فيلم من بطولتها.

وأصبحت زينب ممثلة وهي باسم استيلا، ولم تستعمل لا اسم أختها رئيفة ولا اسمها خلال كل مسيرتها الفنية.

حب في طريقي

بعد مرور العديد من السنوات وزينب تعيش النجومية، بينما أختها تجلس في البيت ولكنها كانت تساعدها في الكثير من الأمور.

لقد كانت تذهب إلى الخياط بدلا عنها من أجل أخذ القياسات كلما اختارت زينب فساتين، فكانت رئيفة تذهب إلى الخياط من أجل القياسات وأيضا تذهب لتجري بروفات تجربة الفساتين.

كما أنها كانت تسهر على الفساتين حتى تحضرها من أجل أختها العزيزة.

كما أنها كانت تجرب على أختها تسريحات الشعر والماكياج لتعتمد إحداها في أي مناسبة كانت تتطلب منها مظهرا مختلفا أو حتى من أجل التصوير أو غير ذلك.

لقد كانت زينب تستغل أختها استغلالا كبيرا ولكن رئيفة لم تكن تتذمر ولا تعلق على الموضوع.

اعتمدت زينب على أختها رئيفة في الكثير من الأمور فقد كانت ظلها الذي تعتمد عليها بينما هي حظيت بكل تلك الأضواء والنجومية على حساب أختها التي كانت هي صاحبة الفرصة، ولكن زينب هي التي اغتنمت الفرصة وبالطريقة الصحيحة.

استمرت رئيفة في العيش خلف الكواليس وقد كانت هادئة كعادتها بينما تفاقم غرور زينب التي لم تعد تنظر إلى أختها إلا على أساس أنها خادمة لها

وكانت تطلب منها القيام بالكثير من الأمور بينما هي كلما عادت إلى البيت تخبرها بأنها تموت من التعب ومرهقة بشدة لذا هي بحاجة للراحة والنوم.

كانت زينب تطلب من رئيفة أن تجهز لها الحمام وان تحضر لها الطعام في السرير أو أن تدخله لها بدلا من الخادمة، لقد كانت تقول لأختها:

لا يجوز أن تراني الخادمة هكذا أنا اليوم نجمة ويجب أن أحافظ على برستيجي.

تبادل الأدوار من جديد

سخرت رئيفة نفسها من أجل مساعدة أختها النجمة كما أن والدتها كانت تنصحها بفعل ذلك.

لم يكن يهم الوالدة إلا أن ترى ابنتها النجمة تلمع كل يوم.

في أحد المرات تم تقديم عرض لرئيفة بعد أن رآها أحد المخرجين مع أختها وطلب منها أن تلعب دورا مع أختها في فيلم جاءته فكرته عندما رآها تنتظر

أختها خلف الكواليس، وقد طلب منهما أن تلعبا دور التوأم في فيلم يخرجه هو.

لقد رأى بأنهما جميلتان ورئيفة تستحق فرصة لكي تصبح نجمة هي الأخرى، لقد كان مخرجا وأراد أن يصنع من رئيفة نجمة هي الأخرى وقد لاحظ الاختلاف الذي بينهما وأراد أن يصنع من ذلك الفرق شيئا.

لكل مخرج نظرة ويمكن للمخرج ان يرى لمعان جم دون أن يلمع بشدة، بل يمكن عان يصقل الحجر لكي يظهر جماله وحقيقة انه كريم وليس مجرد حجر.

عندما سمعت زينب بذلك العرض، حيث عرضت رئيفة الأمر على والديها وهم يتناولون طعام العشاء، وقالت وهي تشع بالسعادة:

لدي أمر أريد أن أفاتحكم به

الوالد:

خيرا يا ابنتي

الوالدة:

ما الأمر أثرت فضولي؟

زينب:

ولما أنت سعيدة هكذا؟ ما الأمر؟

رئيفة:

إنه أمر يخصني

السيد زكي:

وما هو؟

زينب:

قولي ما لديك؟ أنت تغضبينني

الوالدة:

أنا أيضا أريد أن أعرف الموضوع

لقد جاءتني فرصة ربما سوف أصبح مشهورة مثل زينب

زينب:

ماذا تقصدين؟

الوالدة:

للسعادة ما الأمر اخبرينا يا

السيد زكي:

هل جاءت عرض؟

رئيفة:

أجل

زينب:

من الذي قدم لك العرض؟

رئيفة:

إنه السيد كمال سيد رشدي مخرج فيلمك

وماذا قال؟

قال انه يريدني في فيلم، بل يريدنا نحن الاثنتان في فيلم واحد

وقال أنه سوف يصنع مني نجمة

الوالدة:

واو هذا جميل سوف تصبح كلتا ابنتاي ممثلتان

ثارت زينب غضبا وقالت:

لا لا.. لا يمكن

أنا لست موافقة

السيد زكي:

لما؟

زينب:

ولن أوافق أبدا

قلت لكم لا يجب أن ترفضي العرض ولا تذهبي معي إلى مواقع التصوير مجددا

رئيفة:

ولكن أنا أريد هذه الفرصة

زينب:

لا تحلمي بالأمر لقد قلت لكم أنا لست موافقة

الوالدة:

ولما لا اتركي فرصة لأختك

السيد زكي:

اهدئي ولا تصرخي

رئيفة:

لما أنت تعاملينني هكذا

قامت زينب من كرسيها وقالت وهي غاضبة:

لن امثل بعد الآن

لن أتعامل مع ذلك المخرج مجددا

الوالد:

سوف نتكلم في هذا الموضوع في وقت آخر دعونا ننهي تناول العشاء

نظرت إلى والدها وقالت:

اتصل بالمخرج واخبره بأنني لن أكمل الفيلم

الوالدة:

حبيبتي دعونا نأخذ وقتا للتفكير

زينب:

لست موافقة ولن أوافق أبدا وإن ذكر أحدكم الأمر مجددا سوف أقتل نفسي

انهارت رئيفة بالبكاء وغادرت زينب إلى غرفتها وأغلقت الباب عليها وقام الوالدة من على طاولة العشاء، والوالدة كانت تتحسف على الفرصة التي يبدو أنها سوف تضيع مع الرياح.

لم يكن أي منهم يعرف كيف يجب أن يتصرف، الوالد كان مستغربا من أنانية زينب وفي نفس الوقت خائف على نجمته الصغيرة من الغضب ومن التهور، والوالدة كانت حزينة من أجل الفرصة التي لا يبدو أنها سوف تكون من نصيب طفلتها الثانية كما أنها أعجبت بفكرة أن تكون كلتا ابنتيها فنانة فهذا أمر يدعو للفخر والتباهي.

ورئيفة انهارت من حزنها لأنها اعتقدت بأنها قد استرجعت حقها أخيرا بأن عادت إليها الفرصة التي خطفتها منها أختها في يوم من الأيام.

الوحيدة التي كانت مصرة على رأيها وكانت تتحكم بالأمور وأيضا بكل من في البيت هي زينب التي أصبحت كلمتها هي الأعلى في البيت.

مر الوقت ولم تهدأ الأمر بل وقد غابت زينب عن التصوير وكانت تريد الاعتزال أو على الأقل عدم العمل مع ذلك المخرج الذي ترى انه تجاوز حدودها.

غابت عن العمل لعدة أيام واعتذر مدير أعمالها وتحجج بأنها مريضة وسوف تعود للتصوير بعد أن تشفى تماما، ولكن المخرج الذي لم يكن يعلم عن الحقيقة شيئا جاء لزيارتها إلا أنها لم تقابله فاقترح أن

تحل أختها محلها في التصوير إلى أن تشفى هي بعد أسبوعين لأن التصوير له مواعيد مضبوطة إلا أن الأهل رفضوا ذلك بشدة واخبروه بأن رئيفة لا تهوى التمثيل ولن تفكر في موضوع التمثيل أبدا.

كانت رئيفة حزينة جدا وهي تسمع والدها يقول ذلك الكلام الذي ليس صحيحا على لسانها في الصالون.

عندما قررت زينب الرجوع إلى العمل كانت حريصة على أن لا تكون لديها أية علاقة مع المخرج فحاولت أن تتفاداه وان تنهي الجزء البسيط المتبقي لها من الفيلم وان لا تتعامل معه مجددا.

قدم لها المخرج عرضا لفيلم جديد قبل أن تنهي العمل معه ومن بطولتها وبأجر أعلى لأنه ليس مع نفس الشركة الإنتاجية ولكنها رفضت ولم تقل السبب.

عندما سمعت زينب عرض المخرج بأن تحل أختها محلها غضبت كثيرا ولكنها لم تفكر في تلك الفكرة من قبل.

ولكي تتصالح مع أختها قالت لها:

اسمعيني يا رئيفة أنا لست ضد عملك

ولكنني ضد أن تسرقي الأضواء مني فخروجك إلى عالم التمثيل سوف يدمرني

رئيفة:

أنا لم أرد أن أنافسك

زينب:

اعلم يا حبيبتي ولكن الصحافة لن تفهم ذلك ولا الجمهور

رئيفة:

أنت تعرفين بأنني لن افعل أي شيء لكي أؤذيك

زينب:

اعلم يا حبيبتي بالإضافة إلى أن التمثيل مرهق جدا إلا ترين كم أنا أعاني بعد كل تصوير

ألا ترين الإرهاق وشكلي بعد التصوير

والخروج في الليل أحيانا وفي الصباح الباكر

أحيانا أنا لا أنام بما يكفي واتعب كثيرا

كما أن الصحفيين يزعجونني كثيرا ولا استطيع التصرف بحرية كل الوقت

رئيفة:

اعلم كل ذلك

زينب:

ساعات العمل كثيرة وخاصة لأنني البطلة في كل مرة، وأنت لم تكوني لتمثلي أي دور صغير وذلك سوف يمس سمعتي، ولو أخذت البطولة فأنت تنافسينني

لا توجد أية فنانة تنافسني فهل تريدين أن تنافسني
أختي؟

رئيفة:

قلت لك لست أنافسك

زينب:

إذن ما الذي يعجبك في التمثيل

رئيفة:

لا يعجبني التمثيل، ولست أريد الأضواء ولا أن يوضع
اسمي على اللافتات ولست أريد كل ذلك

زينب:

إذن ما الذي يعجبك

رئيفة:

هل تذكرين أول فرصة حظيت بها؟

زينب:

وماذا عنها؟

رئيفة:

لقد كانت لي

زينب:

رئيفة رئيفة لا أريدك أن تذكري هذا الأمر مجددا

رئيفة:

لما؟

زينب:

الفرصة لم تكن لك كانت لي ولم كانت لك كما تدعين لاكتشف السيد .... بأن من أجرت جلسة التصوير ليست آنت بل أنا

لقد كان يبحث عن وجه جميل وأنا أعطيته ذلك

رئيفة:

ربما معك حق

زينب:

اسمعي هل تريدين الوقوف أمام الكاميرا

رئيفة:

لما تسألين؟ ما الفائدة الآن؟

زينب:

إن كان كل ما تريدينه هو الوقوف أمام الكاميرا

إن كنت تريدين استرجاع تلك الفرصة سوف أعيدها
لك

رئيفة:

ماذا قصدين؟

زينب:

سوف أجعلك تخضعين لجلسة تصوير

رئيفة:

ولكن بشرط

زينب:

شرط؟ وما هو؟

زينب:

سوف تجرين جلسة التصوير بدلا عني، أي ستذهبين في مكاني، وباسمي أنا

رئيفة:

كيف ذلك؟

زينب:

لدي عرض كم أجل جلسة تصوير من أجل نظارات شمسية طبية وهم مغرمون بعيوني ونحن لنا نفس العيون

بل أنت لديك عيون أعمق من عيوني

هل تذكرين ما قاله السيد كمال سيد رشدي؟

رئيفة:

عن البراءة؟

زينب:

أجل لقد طلبوا مني نفس الشيء، فما رأيك؟

رئيفة:

رأيي في ماذا؟

زينب:

أن تذهبي مكاني

رئيفة:

أنت تعنين ذلك إذن؟

زينب:

أجل وأصر عليك، أريد أن أعوضك وسوف أعطيك كل المبلغ الذي سوف يقدمونه لي

وليس فقط هذا، منذ اليوم سوف اصرف لك راتبا لأنك تساعدينني في البيت، كما أنني سوف ادعك تذهبين للتصوير بدلا عني كلما احتجت إلى ذلك، كلما كنت متعبة أو كلما احتجت لراحة.

فما رأيك؟

قالت رئيفة وهي سعيدة جدا لدرجة أن دموعها قد سالت على خدها:

طبعا موافقة

زينب:

موافقة أنت موافقة أنا سعيدة بذلك يجب أن تعلمي كم أنا احبك.

لقد عوضت زينب أختها قليلا، وعوضتها عن تلك الفرصة التي حرمتها منها.

لقد عادت البسمة لهم جميعا، وأصبح الوالدان سعيدان لأن كلتا ابنتيهما قد أصبحتا على وفاق من جديد، وعاشوا بسعادة واتفاق وعاد الوئام إلى البيت من جديد

الزواج المدبر

توالت الأفلام والبطولات على زينب، وأصبحت العروض تأتي بعد بعضها البعض فكل المخرجين يريدونها على شاشاتهم.

لقد أصبحت زينب هي الاسم اللامع في تلك الفترة، والنجمة التي تشع والتي يتهافت الجمهور لأجل أفلامها.

لقد كانت جميلة وشابة وتجيد التمثيل وأيضا تشكل ثنائيا مع أي ممثل وسيم، كما أنها كانت مغرورة ولا تتبع قلبها فقد تودد لها الكثير من الرجال ولكنها كانت ترفضهم جميعا لأنها   كانت معجبة بالنجومية ولم ترد أن تجعل مشوارها يتأخر أو أن يتسبب ارتباطها بأي رجل في تراجع شهرتها ونجوميتها.

ولكنها كانت معجبة بالإشاعات التي يروج لها كل المنتجون عنها وعن الأبطال في أفلامهم لأنها كانت تجعلها تشعر بأنها محبوبة وجميلة ومشهورة أكثر.

في إحدى المرات تقدم أحد الممثلين الشباب منن رئيفة التي أصبحت ترافق أختها وتجلس خلف الكواليس وطلب منها الكلام.

لقد تبادلا أطراف الحديث بينما أختها تؤدي أدوارها، وبعد عدة أيام شعر الاثنان بالحب فطلب الممثل أن يتقدم لخطبتها، وهذا ما حصل بالفعل.

ولكن للأسف لم تكن زينب موافقة، وغم أن الأمر لم يكن يخصها، إلا أنها مازالت هي التي لها الحق بالموافقة والرفض.

كان الوضع غريبا لأنها هي من رفضت الممثل الشاب فقد كانت معارضة للأمر بشكل قوي حتى أنها قد منعت أختها من الذهاب معها إلى مواقع التصوير وطلبت من المنتج أن يطرد الممثل الشاب وهذا ما حصل بالفعل.

لم ترض رئيفة هذه المرة بما حصل وأصرت على الزواج والخروج من هذا البيت الذي يمشي هو بأمر أختها.

لقد كانت تأتي لحظات لرئيفة وتكره فيها الحياة في نفس البيت مع أختها وفي ظلها وبعد أن تتصالحا ترجع بعض الأمور إلى الوضع الطبيعي إلا أن رئيفة لم تكن تحب ذلك الوضع على ذلك الحال.

كما لم يكن الأمر يعجب زينب كما لم يكن يعجب رئيفة ولكن رئيفة كانت غاضبة من الداخل ومن الخارج إلا أن زينب كانت تفكر في أن أختها سوف تجعل الأمر صعبا لأنها في كل مرة تختلق المشاكل لذا فقد كانت تفكر في حل يجعل أختها تتوقف عن إفساد الأمور.

كانت زينب ترى بأنها تتحكم في والديها إلا أن أختها تخرج عن السيطرة في كل مرة وأحسن ما في الأمر هو بقاؤها في البيت وقد كانوا يعيشون في مزرعة كبيرة وبها فلة كبيرة جدا بها عدد كبير من الغرف والطوابق.

بعد طول تفكير توصلت زينب إلى الفكرة التي كانت سوف تجعل الأمور أكثر هدوءا بينما تواصل هي عملها بدون تفكير مطول في نفس المشكلة.

لقد وجدت فكرة لكي تتحكم في أختها التي أصبحت تزعجها بالمشاكل التي تفتعلها وتجلبها إلى البيت وذلك لأنها حرة ولا تعمل لذا لديها الكثير من الوقت وهذا كان رأي زينب إلي أصبح شغلها الشاغل التفكير في هذا الأمر.

كانت الفكرة أن تقوم بتزويج أختها برجل هي من تختاره، لأنها قد رأت بأن رئيفة قد طال لسانها ولم تعد راضية بالوضع وبما أن زينب مشغولة في العمل فهذا قد يفسح المجال لرئيفة لكي تؤثر على والديها وتقنعهم بالعودة إلى ذلك الممثل الشاب.

لقد كانت زينب تغار من أختها كثيرا، وخافت أن تفعل شيئا ضد إرادتها فقد فكرت أيضا في احتمال هروب أختها وافتعال فضيحة لها وللعائلة.

لقد كانت زينب خائفة من الكثير من الأفكار التي أصبحت تدور في رأسها حول أختها.

فكانت فكرتها أن تقوم بتزويجها رجل من اختيارها، لأنها لم تتحمل فكرة إنها هي مشغولة في العمل بينما تحظى أختها المهمشة والتي لا قيمة لها بحب وزوج فتتباهى به كل يوم بقصة حبها.

ومن أجل كل الأسباب السابقة قررت زينب أن تجبر أختها على زواج مدبر لكي لا تكون لديها

الفرصة للتباهي بالحب، فحتى هي لم تحظى بقة حب طوال حياتها وفي كل مسيرتها الفنية والأمر من ذلك والأدهى أن أختها قد أوقعت ممثلا شابا في شباكها ومن الممكن أن يصبح هذا الممثل الصاعد نجما يوما ما.

لم تستطع زينب أن تتصور أن أختها قد تخرج من سيطرتها بل وقد تتفوق عليها في مجال أو أخرى، فربما تحظة أختها بحياة أسرية مثل والديها بينما تنسى زينب نفسها بين الأفلام والبطولات.

تلك المشكلة التي حصلت بسبب رئيفة قد فتحت عيني زينب على أمور لم تكن زينب تفكر فيها ولم تكن توليها اهتماما ولكنها قررت اليوم أن تعيد التفكير في حياتها وأولياتها.

لم تكن فكرة زينب فقط أن تقوم بتزويج أختها بل كانت تفكر في أن تختار لها رجلا بمواصفات لا تثير غيرتها وقد كانت تفكر في أن تجعله يتحكم فيها وان يجعلها تلازم البيت وان تصبح ربة بيت لا أكثر أي أن لا تفكر في العمل والشهرة أبدا.

ولأن زينب تعيش في مزرعة كبيرة هي وعائلتها لقد قررت أن تجعل أختها وزوجها يعيشا في نفس المكان معهم لكي لا تتصرف رئيفة أي تصرف بدون علمها.

وهكذا اختارت زينب رجلا بالمواصفات التي تريد، لقد اختارت منتجا جديدا وعرضت عليه الزواج بأختها بشرط أن يدير لها شركتها الإنتاجية وان لا يتحرك إلا بأمرها.

لقد كان الشاب جيدا ولم يصدق أن يتزوج أخت النجمة والأكثر عجبا أنها تشبهها فوافق على تلك الفرصة الطبية ووعدها بأن يكون تحت أمرها وان يطيع كل أوامرها فلو طلبت روحها لفداها بها.

لقد كانت زينب تدرس ذلك الشاب قبل أن تعرض عليه الأمر فوجدت بأنه مناسب من كل النواحي.

وهكذا تم الزفاف وعاشت رئيفة مع عائلتها وزوجها المحب ولم ترى انه يطيع زينب كثيرا بل كانت ترى بأن زينب تتحكم بكل من في البيت وليس فقط هي وزوجها.

مرت الأيام وأصبحت زينب تشعر بالراحة الكبيرة لأن زوج أختها ساعدها على التحكم بأختها كثيرا.

لم تكن تغار من علاقتهما ولا من الحب الذي أصبح يجمعهما كزوج وزوجة لأنها كانت دائما ترى بأنها هي التي اختارته ولا يدعو للقلق ولا يوجد سبب للغيرة فهو مجرد موظف لديها.

لكن وبعد مرور بعض الزمن حدث أمر أثار غيرتها، لقد أصبحت رئيفة حامل، في البداية لم يكن الأمر مثيرا بالنسبة لزينب ولكنها لاحظت بأن والداها قد تغيرها وأصبحا يهتمان برئيفة كثيرا، ومتشوقان جدا لقدوم المولود.

أصبحت زينب متضايقة بعض الشيء ولكنها كانت تفكر بينها وبين نفسها وتقول:

أنا نجمة ولن أتزوج بنكرة

يجب أن أتزوج نجما مشهورا ومعروف أو ربما منتج له اسمه ووزنه في الساحة النفسية

لن أتزوج ببساطة كما أن العمر ما زال أمامي

أما بالنسبة للأطفال فانا لست مجرد ربة بيت لكي احمل والد لا يمكن أن اغيب عن الساحة الفنية لكي اعتني بالحمل والجنين مثلما تفعل رئيفة التي لم تعد تغادر السرير

ولا يمكن أن أخرّب شكلي وافسد جسدي فانا نجمة

لقد كانت تكلم نفسها وتحاول أن تقنع نفسها بكل تلك الأفكار التي كان جزء منها صحيح والجزء الآخر ليس صحيحا تماما.

لكن منطقها هذا لم يبق ثابتا لمدة طويلة، لقد كانت ترى الممثلين والممثلات يتزوجون وينجبون ولم تكن تشعر بما شعرت بها عندما رأت أختها بأم عينها وأمامها تحقق السعادة الأسرية تبني عائلة خاصة بها.

في البداية كانت دائما تأول بما يتناقله الناس عن الممثلين وعن الثنائيات الناجحة على الشاشة وفي الحياة الحقيقة والأسر التي بنوها بأن اغلب تلك القصص هي مجرد إشاعات من أجل الترويج لأفلامهم وأيضا لكي يظهروا بأنهم سعداء وناجحون من كل الجوانب ولكنها اليوم أصبحت تنظر إلى الأمور بطريقة مختلفة.

وتفاقم الوضع ولم يعد على ما هو عليه عندما ولت أختها التي أنجبت توأما ملأ البيت سعادة وفرح وبكاء الصغار الممزوج مع ضحكاتهم وضحكات الأجداد.

لقد أصبح الوضع مختلفا جدا، لم تكن تقضي الكثير من الوقت في البيت ولكنها كلما رأت الطفلان يكبران عرفت بأن الحياة تمر بسرعة وهي يفوتها الكثير.

وكلما مر الوقت أصبحت تشعر بالضيق أكثر، لم تكن زينب قادرة على أن تكره الطفلين ولكنها لم

تستطع أن تسلبهم من أختها وكان هذا هو الشيء الوحيد الذي لم تستطع أن تسرقه من أختها التي أصبحت أما ولم تربح هي من الموضوع إلا لقب خالة ولم تكن تستطيع أن تكسب أكثر من ذلك.

كانت لرئيفة الكلمة الأولى والأخيرة على الطفلين فحتى والداها لم يكن لهما الحق أحيانا في أن يتدخلا في موعد نوم الطفلين مثلا أو لعبهم.

وقد كانت هي المسئولة الأولى عن تربتهم وزوجها لم يكن يتدخل أبدا كما أنها كانت تنال كل العطف والحنان من والديها وأيضا مساعدتهما.

أصبحت زينب تفكر جديا في حياتها ومستقبلها، وهي تقارن ما حققته بما حققته أختها بدون جهد أو تعب.

لقد وجدت زينب بأن أختها قد تغلبت عليها، فأختها تعيش في مالها الذي تعبت عليها بينما هي تستمع بحياة أسرية هي السبب الأول والأخير فيها.

لم يكن أمامها من حل إلا أن تتدارك نفسها لكي تحقق بعض النجاح الخاص بها ولا يخص أي أحدا آخر.

قررت زينب أن تتزوج هي الأخرى فقد مرت عدة سنوات وتزوجت إلي الفنانات الشابات لذا يبدو انه عليها هي أيضا أن تخطو هذه الخطوة وان تتزوج.

لم يكن شرط للزواج أن يكون مبني على حب فأختها سعيدة بزواجها رغم انه مجرد زواج مدبر، لذا كان يجب عليها أن تجد رجلا مناسبا لها هي الأخرى، وقد أصبحت خبيرة في هذه الأمور.

قررت زينب أن تضع مواصفات للزوج الذي يمكنه أو يضفي بعض النجاح إلى مسيرتها الفنية، وقد اختارت أن يكون اسمه يرن في كل مكان وان يكون مطيعا بالطبع وان لا يرفض لها طلبا ولم يكن مهما فرق السن بينهما.

بحثت وبحثت عن الزوج المثالي الذي يخدم صورتها الاجتماعية وأيضا يخدم كل طموحاتها.

وأخيرا عثرت على الرجل الذي كان موافقا عل كل طلباتها، لقد كانت نجمة الصف الأول، والنجمة

التي تحقق اكبر مردود والنجمة التي تقبض أعلى اجر لقد كانت أستيلا أو زينب النجمة المرغوبة من كطل الرجال والشباب وحلم الجميع.

ولكنها هي من اختارت الرجل الذي يناسبها ويناسب ظروفها ويناسب عملها وأيضا يناسب طموحاتها.

كانت زينب تعلم بأنها تستطيع أن تروج لزواجها وان تختلق أجمل قصة حب تناسبها بكل التفاصيل وان تصبح حديث المجتمع كما جرت العادة.

تزوجت زينب بمخرج مشهور ولكنه كان رجلا يكبرها سنا وله أولاد من زواجين سابقين ألا انه كان مطلقا، وقد روجت لهذا الزواج كثيرا كما أنها قد أطلقت الكثير من الإشاعات حول قصة الحب التي جمعتهما وتناقلت الجرائد صورهما وهما معا في عدة أماكن وتكهنوا حول العلاقة التي تربطهما حتى أصبح الزواج واقعا وليس مجرد إشاعة.

لقد كانت لها بعض الشروط التي وافق عليها ذلك المخرج المشهور بدون أي تردد، من بينها أنها لن تغادر بيتها وسوف تعيش مع عائلتها وعليه هو الانتقال للعيش معهم.

في البداية لم يوافق ذلك الزوج على شرط العيش مع عائلتها ولكنه خضع لجمالها في النهاية ووافق بشرط هو أضافه وهو أن قاموا ببناء فيلا في نفس المزرعة وبالقرب من بيت أهلها وان يعيشا فيها وهكذا يكون الأمر أكثر راحة بالنسبة له، ولم يكن لدى زينب أي مانع.

وبعد مرور بعض الوقت من زواج زينب سمعت بأمر أثار غضبها وهو أن أختها حامل للمرة الثانية، وبعد تفكير عميق في الموضوع وهي لم تكن مع فكرة الحمل والولادة أبدا قررت أن تطلب من أختها طلبا غريبا.

لقد طلبت زينب من رئيفة أن تعطيها الجنين لأنها نجمة ولن تنجب أبدا كما أخبرتها بأن أطفالها سيكونون هم الورثة لكل مالها.

لم توافق رئيفة إلا أن والداها وأيضا زوجها قد أقنعوها بالأمر وخاصة لأن الطفل المنتظر سوف يعيش معهم في نفس المكان ولن تكون هناك مشكلة لرؤيتهم.

كما أن زينب أقنعتها بأنها سوف تتركها ترضع المولود وتسهر على تربيته فهي مشغولة وسوف تكون تلك مهمة رئيفة.

في نهاية الأمر وافقت رئيفة التي تعودت أن تعطي أختها كلما تطمع فيه.

دفعت زينب مبلغا من المال للزوجين رئيفة وزوجها الذي أعجب بالفكرة كثيرا ولو كانت طلبت منه التوأم الأكبر لكان أعطاهما لها فقد كان طماعا جدا وتعود على إطاعة كل أوامرها.

أطلقت زينب إشاعة حول حملها وخضعت للكثير من جلسات التصوير المزيفة وعندما ظهر الجميل على أختها كثيرا قررت أن تختفي عن الأنظار لفترة معينة وقد كانت خطة زوجها الذي كان يساعدها كثيرا حتى انه قد وضع لها جدول تصوير مكثف قبل أن تختفي عن الأنظار.

أنجبت رئيفة توأم ذكور فأرادت أن تحتفظ بأحدهما ولكن زينب رفضت الأمر وأخبرتها بأنهما لها لأنها قد دفعت لهما ثمنهما وهذا ما أثار غضب رئيفة إلا أنها لم تفعل شيئا.

أعلنت زينب والمخرج زوجها على وصول طفليهما بالسلامة وأخذت الكثير من الصور وقد كانت سعيدة جدا بالأمر فقد تحققت كل أحلامها ولم تعد تشعر بأنه ينقصها أي شيء.

لقد كانت سعيدة بالنتيجة التي تحصلت عليها دون تعب يذكر.

قررت رئيفة أن تنجب المزيد لأن أختها قد سلبتها طفليها ولكن زينب عندما علمت بحملها الجديد أعجبت بالفكر وقررت أن يكون الطفل أو التوأم بها.

وأقنعت زوج رئيفة بدون جهد يذكر وكذلك والداها وكان الشخص الوحيد الذي يحتاج لحيل للإقناع هي رئيفة فأخبرتها زينب بأنها مستعدة بأن تتكفل بدراسة أطفالها وسوف تعامل الجميع بنفس الطريقة وسوف اضمن لهم مستقبلهم فلا تحرميهم من اسمي وأنا أختك التوأم.

وقد كانت جملة نحن نعيش في بيت واحد هي الجملة الأكثر تأثيرا على رئيفة لأنها تعلم بأنها لن تخسر أطفالها بل سوف يحملون اسم خالتهم فقط.

وافقت رئيفة ولكن بشرط، فقد اشترطت بأن هان كان ما في بطنها توأم فإنها سوف تحتفظ بأحدهما.

لم تكن زينب تفضل تلك الفكرة ولكن رئيفة لم تترك لها مجالا، فقد كانت صارمة وقاسية لأول مرة

وكأنها لا تريد أن تعطيها أطفالها، ولكن وافق الجميع في النهاية.

أنجبت رئيفة ثلاث أطفال توأم طفل ذكر وبنتان، تفاجأ الجميع فأصرت رئيفة على أن تحتفظ بالذكر لأنها لم يكن لديها ولد ذكر بل كان لديها توأم بنات.

سعدت زينب بأنها تحصلت على طفلتين جميلتين ولكنها اشترطت عليهم أن لا يتم الإعلان عن ولادة ابن رئيفة إلا بعد أسبوع من إعلان ولادتها هي خوفا من أن تخطف رئيفة الأضواء منها وترتكز كل الأنظار عليها هي وطفلها.

وهكذا كانت زينب تراقب رئيفة ولا تترك لها المجال لكي تستمع بأي أمر إلا وشاركتها أو سرقته منها.

لم تنجب رئيفة بعد ذلك إلا بعد مرور ثلاثة سنوات لأنها كانت تشعر بأن زينب تخطف منها كلما هو لها.

لم تتب زينب وعندما سمعت بالحمل الجديد
كررت طلبها وأيضا في الحمل الذي بعد ذلك وقد
أنجبت رئيفة توأم وبعده توأم وقسمت مع أختها في كل
مرة وقد كان قلبها ينقسم لأنها كانت تفصل بين طفليها
فقررت بعد ذلك أن لا تنجب المزيد.

مرت السنوات وكبر الأطفال ليصبحوا شبابا وصبايا، ومازالت زينب النجمة الأولى في السينما وهي تحافظ على رشاقتها وجسمها الممشوق الذي لا يكاد الجمهور أن يصدق بأنها قد أنجب كل أولئك الأطفال.

لكنها كانت تقول في المقابلات التلفزيونية واللقاءات الصحفية بأنها تحب الأطفال كثيرا ولم تستطع أن لا تنجب كما أنها تهتم بالغذاء والرياضة

وهي حريصة على العناية بجسمها لأنها مصدر ثروتها.

مازالت تلعب دور البطولة وأيضا مازالت تتقاضى الأجر الأعلى لأنها مازالت نفس النجمة الجميلة، وهي لم تغب عن الشاشات ولا عن الجمهور إلا لفترات قصيرة من أجل تعب الحمل في الأشهر الأخيرة والولادة.

لقد كانت تقول بأنها تعتد على الرضاعة الطبيعية بمساعدة مرضعة ولم تذكر بأنها أختها، كما كانت تستعين بالحليب الاصطناعي المخصص للأطفال.

المرض الذي يحبط كل المخططات

مرض يحبط المخططات

لم يكن مشوار التمثيل سهلا وقد كانت هناك العديد من الإشاعات المغرضة وأيضا الحروب في الوسط الفني وهذه الأمور قد أثرت نفسيا على زينب.

وقد خضعت للعلاج النفسي أكثر من مرة ولكن في السر فهي كانت تتظاهر بالسعادة وتأخذ صورا مع

زوجها وأيضا صورا مع أطفالها ولكنها في الحقيقة كانت تعاني من بعض الأمور.

كما أنها لأكثر من مرة تسرق منها بعض الفنانات أدوار وبطولات وهذه الأمور كانت تخلق لديها أزمة.

لقد كان التمثيل صعبا ومجاله شائكا بالمشاكل والحروب والمعارك التي منها التي تكون فيها القوى متكافئة ومنها التي يكون الطرف الآخر أقوى منها.

عندما أصبح أولادها في سن الزواج مرضت زينب مرضا شديدا ولكنها أرادت أن تخفي الأمر عن الجمهور والوسط الفني لك لا تتم معايرتها أو السخرية منها.

المرض لليس أمر يدعو للسخرية ولكن الأعداء يسخرون من أي شيء.

فكرت زينب التي لم تعد تقوى على بذل الجهد ولا التمثيل كما أن المرض قد اخفت جمالها في ان تختبئ عن الأنظار.

لم يكن هناك حل إلا الاعتزال.

فكرت جديا في الاعتزال ولكن زوجها لم يكن مع هذا الأمر وعندا قررت أن لا تمثل بعد الآن انفصل عنها وذهب في حال سبيله.

لقد أحب ذلك المخرج نجمة لامعة وحقق لها كلما تطلب وتتمنى ولكنه لم يعجب النجمة المريضة بالملامح الهافتة والعصبية الشديدة بسبب المرض، والتي أصبحت تلازم الفراش وأصبحت كثيرة الشكوى لذا غادر حياتها وقد وعد بعدم إفشاء أي سر من أسرارهما التي جمعتهما.

توفي بعد ذلك والدها، وأصبحت والدتها عجوزا تجتاح للرعاية والاهتمام الذي وفرته لها ابنتها رئيفة التي جلبت ممرضة لكي تساعدها في رعاية والدتها.

تابع الأطباء زيارة زينب في بيتها وهم يتكتمون عن أية أخبار تخصها وقد أرادت أن لا تتبعا الصحافة لأنها قد اعتزلت.

موت متبادل

لم تتحسن حالة زينب النفسية ولا الجسدية وكانت في تدهور مستمر.

ورغم التكتم على حالتها إلا أن بعض الأخبار قد وصلت إلى الصحافة التي أصبحت تروج للكثير من الأخبار.

لم تكن زينب قد انقطعت عن الخارج كليا بل كانت حريصة على قراءة كل الجرائد والمجلات الفنية لكي تعرف أخبار الوسط بعدها.

كانت أختها تحاول أن توفر لها الراحة وان تمنعها من قراءه الأخبار التي توترها أو تأزم حالتها النفسية مثل زواج طليقها المخرج من ممثلة شابة صاعدة ودعمها في الوسط الفني.

لكن زينب خافت من السخرية حول مرضها فقررت أن تلصق إشاعة المرض بأختها وبالفعل فعلت ذلك لكي تتوجه الأنظار إلى شخص آخر.

بعد فترة من ملازمة زينب للفراش اخبرها الأطباء بأنه لم يتبق لها الوقت الكثير وخاصة لأنها رفضت دخول المستشفى خوفا من الصحافة.

خافت زينب كثيرا ولكن أكثر ما كان يخيفها هو سخرية الوسط الفني والجمهور من مرضها وموتها البائس.

السخرية من أن زوجها قد تركها لأنها أصيبت بالمرض واعتقدت بأن هذه الوصمة سوف تلازم تاريخها الفني وتلتصق بتاريخها وسوف يكتبون عنها نهاية مأساوية لنجمة الصف الأول.

لم تعد زينب تذق طعام النوم وهي تتخيل العناوين العريضة عن موتها.

وبعد ليلة من التفكير توصلت إلى فكرة جيدة سوف تخلصها من هذه الورطة ومن هذا المأزق لقد توصلت إلى فكرة وهي أن نادت أختها وقالت لها:

أختي الحبيبة رئيفة أنت تعلمين كم أنا احبك

رئيفة:

أجل أعلم وأنا أيضا أحبك

زينب:

طبعا فنحن توأم

رئيفة:

نعم يا أختي، أنت أختي الوحيدة ومن تبقى لي من عائلتي فوالدتي لم تعد تتذكرنا

زينب:

هل سمعت ما قاله الطبيب؟

قالت رئيفة بصوت مخنوق:

عن ماذا؟

زينب:

عن موتي

رئيفة:

لا تقولي هذا رجاء، لا تتكلمي عن الموت

زينب:

لا أستطيع أن أتجاوز هذا الموضوع فموتي قد أصبح واقعا

رئيفة:

أرجوك لا تقولي هذا

زينب:

تمالكي نفسك يا رئيفة فكل الناس يموتون

رئيفة:

ولكن أنت أختي وتوأمي

زينب:

وأنت أختي وحبيبتي والتي لم ترفض لي يوما طلبا

رئيفة:

حياتي لك يا أختي ولو استعطت أن أقسم معك باقي أيامي لفعلت

زينب:

لا تقولي هذا يجب أن تعيشي طويلا من أجل أطفالنا ولكن لا تدعي أولادي ينسون أمهم

رئيفة:

نعم إنهم أولادك ولن ينسوك أبدا

زينب:

رئيفة لدي طلب أخير منك؟

رئيفة:

وما هو؟

زينب:

لا.. يجب أن تعديني أولا بأنك لن ترفضي لي آخر
طلب لي، وإلا مت وأنا حزينة وغاضبة منك.

رئيفة:

أعد بأنني سوف ألبي لك أي طلب

زينب:

ومهما كان؟

رئيفة:

مهما كان

زينب:

نادي زوجك لكي يكون حاضرا لأنني لا أريد أن
تغيري رأيك فيما بعد

رئيفة:

حسنا

قامت رئيفة ونادت زوجها وأخبرته قبل أن يدخل
بأنه لم يتبق لأختها إلا أسبوعان وهي تريدها أن تموت
راضية إلا انه لديها طلب أخير وهي موافقة عليه من
غير أن تعرف ما هو، وافق زوجها ولم يكن لديه
اعتراض ودخل وهو موافق مبدئيا.

فقالت زينب:

تفضل يا زوج أختي..

هل أخبرتك رئيفة بأن لي طلبا أخيرا منها؟

زوج الأخت:

نعم نحن موافقان على أي شيء أنت تأمرين ونحن نلبي لك كل طلباتك

زينب:

أريد منكما خدمة أخيرة

رئيفة:

وما هي.. اخبرينا؟

زينب:

أنا لا أريد أن يعرف الجمهور بعد وفاتي بأنني قد توفيت بسبب المرض

رئيفة:

سوف نتستر على الأمر

زينب:

لا.. ليس هذا ما أريده

رئيفة:

ما الذي تريدينه إذن؟

زينب:

أريد أن أبقى حية في نظر الجمهور

رئيفة:

كيف ذلك؟

زينب:

أريد أن تقولوا بأن من ماتت هي أنت يا رئيفة والتي
بقيت حية هي أنا ولكنني قررت الاعتزال والعيش من
أجل أطفالي وأسرتي وأولاد أختي

رئيفة:

لم افهم

زينب:

لما لم تفهمي.. أريد أن أزيف الوفاة، وأن تكوني أنت من ماتت والتي بقيت حية هي أنا ولن يشعر أحد وسوف تستمرين في العيش هنا في المزرعة مع أولادنا ومع زوجك

رئيفة:

أعتقد ....

زوج رئيفة:

وكيف نستطيع أن نعيش في المزرعة لأنها سوف تصبح مزرعة ورقة لا اعتقد بأننا سوف نستمر بالعيش هنا رغم أننا نحب الحياة هنا

زينب:

اسمعني جيدا إذا وافقتم على الموضوع أريدك أن تحضر المحامي وسوف اقسم ثروتي بينكم جميعا وأعطي لكل منكم نصيب وأطفالي وأطفالكم.

أما المزرعة سوف تبقى باسمي وسوف تصبح لرئيفة لكي لا يخرجكم أي أحد منها، كما أنني لا أريد أن يعلم طليقي بوفاتي فيأخذ الأولاد، أريدهم أن يعيشوا معكم وان تعتنوا بهم انتم.

رئيفة:

وماذا عن الأطفال؟

زينب:

أريدهم أن ينادوك جميعا ماما لكي لا يشعروا بأنهم قد خسروني يجب أن يشعروا بحب الأم وحنانها وعطفها

استعيدي أولادك ولكن لا تنسيني وذكريهم بي دائما.

زوج رئيفة:

أنا موافق ولا أمانع في شيء

زينب:

يجب أن تخفي كل شيء عن الصحافة وان لا يعلم أحد عن شيء يجب أن توفروا الخصوصية وحافظي على اعتزالي فانا سوف أبقى في نظر الجمهور معتزلة ولا أريد أي أخبار أن تتناقل عني.

رئيفة:

كما تريدين

زينب:

اتفقنا إذن

زوج رئيفة:

اتفقنا

نظرت زينب إلى رئيفة وقالت:

اتفقنا؟

رئيفة:

نعم اتفقنا

زينب:

حسنا إذن احضر لي المحامي وأيضا موظف البلدية لأنني سوف ادفع له من أجل تزييف الوفاة ويجب أن أرى الأخبار تنشر الأمر لكي اطمئن على الموضوع.

زوج رئيفة:

أمرك

وهكذا تم الإعلان عن وفاة أخت الممثلة وأقيمت جنازة وهمية وتلقت زينب الكثير من رسائل التعزية ولم تقابل أي أحد لشدة حزنها وظروفها الصحية.

لقد قرأت زين كل الرسائل ورأت ذلك الاهتمام الذي أعطتها الصحافة من أجل وفاة أختها وأخرجت هي بعض التصريحات وأخبرت الصحافة بأنها بسبب وفاة أختها لن تقدم أي تصريح منذ اليوم ولا تريد أن

تركز عليها الأضواء فهي تريد أن تعطي كل اهتمامها لعائلتها وأطفال أختها المتوفاة والمسؤولية قد أصبحت اكبر

كما أنها قد صرحت بأنها لا تريد لأطفالها أن يدخلوا عالم التمثيل لأنها قد عانت كثيرا من الصعوبات ولا تريد لهم أن يعانوا نفس المعاناة.

لقد رسمت زينب طريقا لكل أولادها، وأوصت بما كانت تحلم به، فقد سألتهم عن ميولاتهم ونصحتهم بما تحب هي وأوصت أختها بكل ما كانت تتمناه وهي تعلم بأن أختها سوف تحقق لها كلما كلما تتمناه.

وبعد مرور أسبوع ماتت زينب في سريرها وقد وجدوها صباحا وهي ميتة وهي تبتسم وتلك الصورة بقيت مرسومة في ذهن رئيفة إلى الأبد.

قامت رئيفة وزوجها بدفن زينب في المزرعة وفقا لرغبتها الخاصة، واستمرت الحياة بعد ذلك، كما رسمتها زينب بالذات.

لقد تحكمت رئيفة بالوضع ولم يدخل أي من أولادهم إلى مجال الفن وقامت رئيفة بالسهر على دراستهم وعملهم وحتى زواجهم، واستمر الجميع بالعيش في المزرعة معا، حتى توفيت والدتها وأيضا زوجا وأخيرا توفيت رئيفة عن عمر 95 سنة وتناقلت الصحف وفاتها على أنها زينب.

Sommaire